LÉON DEUBEL

LA LUMIÈRE NATALE

— *POÈMES* —

...En toi dorment
de plus grands héros, de plus grands bardes.
WALT WHITMAN.

PARIS
MERCVRE DE FRANCE
XXVI, RVE DE CONDÉ, XXVI

LA LUMIÈRE NATALE

DU MÊME AUTEUR

LÉON DEUBEL

LA

LUMIÈRE NATALE

— *POÈMES* —

...En toi dorment
de plus grands héros, de plus grands bardes.
WALT WHITMAN.

PARIS
MERCVRE DE FRANCE
XXVI, RVE DE CONDÉ, XXVI

MCMXXII

Cet ouvrage a été tiré à 345 exemplaires, savoir :
21 exemplaires sur vergé d'Arches
numérotés à la presse de 1 à 21
324 exemplaires sur vergé pur fil Lafuma
numérotés de 22 à 345

EXEMPLAIRE N°

PRÉFACE DES ÉDITEURS

La Lumière Natale, dont la première édition, imprimée à Poligny à la fin de 1904, a été publiée à Lille, par la revue *Le Beffroi*, en 1905, porte cette indication de lieu et de date : «Florence, 1903, Paris-Lille, 1904 ».

La période pendant laquelle cet ouvrage a été composé semble avoir été la plus exempte de souci de l'existence de Léon Deubel. Alors qu'il accomplissait son service militaire à Nancy (1900-1903), le poète avait fait un petit héritage.

A sa libération, en septembre 1903, il partit pour l'Italie où il se fixa quelques mois à Florence et à Fiesole. « Deux mois durant, a écrit Louis Pergaud dans la préface de *Régner*, à Venise, Florence, Fiesole, Pise, Deubel coula des jours heureux. L'hiver le ramena en Franche-Comté où il vint habiter avec nous à Durnes. C'était alors un camarade et un ami charmant, un convive plein d'entrain et de bonne humeur... En mai 1904, impossible à fixer, Deubel quitta le Doubs, traversa Paris où il ne s'arrêta que quelques jours et fila sur Lille. »

Le départ de Durnes eut lieu sans doute un peu avant l'époque indiquée par Pergaud, car, le 3 mai 1904, Deubel écrivait de Paris à Léon Bocquet : « Je compte habiter Lille quelque temps auprès de mon ami Dehorne. Ici je me meurs du chagrin d'être seul ».

Ce qui l'attirait à Lille, où il était déjà passé à diverses reprises, c'était, outre la présence d'Armand Dehorne, alors étudiant à la Faculté des Sciences, la sympathie qu'il éprouvait pour le jeune groupe littéraire du *Beffroi*. Il collaborait à cette revue depuis 1901 et y publiait les vers qui devaient être réunis bientôt dans *La Lumière Natale*.

Il y avait fait paraître notamment ce beau poème qui a pour titre « La Fin d'un jour » . Roger Allard a raconté qu'après l'avoir lu il ressentit un enthousiaste désir de connaître l'auteur avec lequel il entra en correspondance : « Moins d'un mois après, dit-il, Deubel m'annonçait son arrivée à Lille et, pour faciliter notre rencontre, m'envoyait une photographie. » Et il trace de lui ce portrait qui donne des indications très justes sur l'extérieur et le caractère du poète : « De taille moyenne, bien découplé, large de poitrine, il portait sur soi les signes de la vigueur physique, exprimée avec quelque violence par la carrure volontaire des maxillaires et la coupe de la barbe et des moustaches, drues et taillées courtes. Le contraste était dans les yeux, d'un bleu pâle comme la faïence de Sarreguemines, d'une douceur grave et cordiale. Le son de sa voix, qu'il avait belle et bien timbrée, ne contribuait pas moins à corriger ce que son abord avait d'un peu rude. A l'époque, il pouvait se croire guéri, ou pour le moins « convalescent des blessures de vie». Il était parfois ombrageux, mais son accueil, empreint d'une politesse simple et discrète, était charmant. Dès l'abord, je fus charmé(1).»

Léon Bocquet, qui dirigeait le *Beffroi* et avait sollicité, dès la première heure, la collaboration de Deubel, a parlé également du séjour de celui-ci dans la métropole des Flandres françaises : «Deubel s'amena chez moi, à Lille, un dimanche de juillet, me confia ses projets de vivre près de nous d'une vie de travail, afin de prolonger la durée du pécune déjà considérablement diminué. Mais les grandes villes de province ont leurs tentations comme la capitale ; les bonnes résolutions de Deubel se résolvaient souvent en gestes contradictoires. Il dormit le jour, s'amusa la nuit : une fois, en joyeuse compagnie, il dépensa follement son dernier avoir. Comme il supportait mal les observations sur sa conduite, il regagna précipitamment Paris» (2).

Le 9 octobre 1904, Deubel, annonçant que son livre est sous presse, écrit à Léon Bocquet : « Huit jours et je vois déjà Lille dans une brume. Comme la province est loin du boulevard! » Ayant dissipé les restes de son héritage, il va, comme quelques années plus tôt, connaître à Paris des jours de misère. Mais *La Lumière Natale* est terminée et déjà livrée à l'impri-

(1) Roger Allard, *Léon Deubel ou le poète solitaire*, la Phalange (numéro du 20 juillet 1913).

(2) Léon Bocquet, *Le Dernier poète maudit*, le Beffroi (fascicule 103, juin-juillet août 1913).

meur, et ce livre se signale par une légèreté d'âme qu'on retrouve assez rarement dans ses autres œuvres et qui est due sans doute à la vie facile qu'il avait pu mener pendant cette année 1903-1904 : « Ce séjour à Lille, a dit encore Roger Allard, bien qu'assombri sur sa fin par des ennuis dont ses amis ne devaient plus tarder à connaître la cause, marque, dans la vie de Léon Deubel, une période heureuse. Il se sentait environné d'amitiés sincères et d'une admiration qui ne l'était pas moins. Il s'intéressait vivement aux destinées du *Beffroi*, alors à l'apogée de son influence... Dans l'enquête menée par cette revue pour désigner les dix plus grands noms de la poésie contemporaine, celui de Deubel fut cité à diverses reprises. Il était en passe d'être notoire. »

Une fois à Paris, Deubel s'occupe de l'impression de son livre, qui lui est livré vers le 15 novembre 1904, puis du service et de la mise en vente. Le titre qu'il a choisi, et qui peut paraître énigmatique, il l'explique, plus que sommairement, au bas d'une carte illustrée datée du 16 novembre 1904 : « Pour le critique, *La Lumière Natale* = celle d'Italie et celle du Nord (Florence et Lille). » Si l'on serre de plus près cette équation, il semble que Deubel ait voulu signifier par là cette atmosphère idéale de ce pays de « nulle part », de « ce pays enchanté que l'on porte en soi-même », patrie d'élection des rêves où l'âme et l'esprit se reposent dans le décor de paysages choisis et de tonalité différente. Et en effet, il paraît, lors de son voyage d'Italie, s'être éveillé à un sentiment de la beauté plus ferme, plus conscient que celui qu'il avait connu jusque-là, sans toutefois perdre le goût de la nuance et de l'imprécision qui lui venait d'ailleurs.

Deubel, sévère pour lui-même, jugeait *La Lumière Natale* un ouvrage imparfait. Il est vrai qu'il y a plus de profondeur et plus d'éclat dans ceux de ses livres qui ont suivi. Mais ce qui caractérise *La Lumière Natale*, c'est une spontanéité d'inspiration, une abondance de lyrisme, une aisance de rythme qu'il devait par la suite discipliner jusqu'à l'excès. Nul n'a aimé, plus que Deubel, à lancer un beau vers, plein et vibrant, et peut-être que chez aucun poète de sa génération on ne trouverait un plus grand nombre de ces vers merveilleusement frappés qui semblent entraîner avec eux toute une escorte d'images et de pensées. Mais souvent, chez lui, le poème, trop rempli, donne l'impression du tendu et du heurté. Il semble que *La Lumière Natale,* plus simple de ton, plus fluente que ses autres livres, marque une période de détente et de calme dans une existence douloureuse : elle reflète la grâce des belles journées d'automne que le poète avait admirées à Fiesole, la limpidité des ruisseaux de cette Franche-Comté où il avait passé une partie de sa jeunesse et où il aimait à revenir et le charme de ces entretiens confiants et enthousiastes qu'il prolongeait parfois fort avant dans la nuit, avec ses amis de Lille épris comme lui de littérature et de poésie.

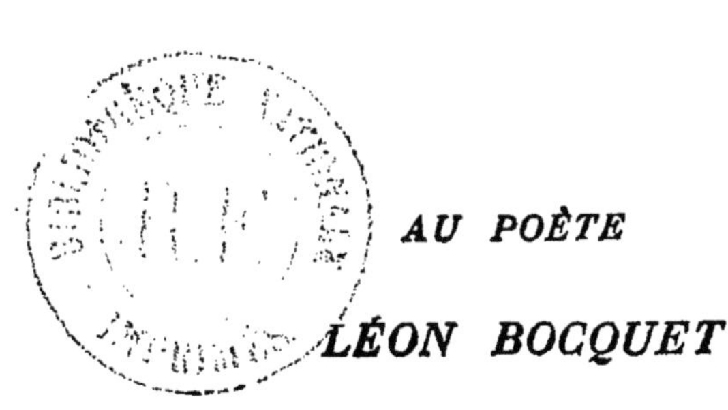

AU POÈTE

LÉON BOCQUET

RENAISSANCE

En vain les sentiers verts te désignent aux fleurs,
Tu diriges ton pas certain vers la conquête.
La Vie, comme un grand feu, brûle au sommet des crêtes
Dans le concert des sons et des fraîches couleurs.

Chaque jour, affranchi de ce que tu résignes,
Tu pares de l'éclat d'une allégresse neuve
Ton âme qui enclôt sous son aile de cygne
Les constellations que répètent les fleuves.

Tout le faste du ciel adore dans tes yeux.
Tu sens descendre en toi la présence de Dieu
Et la voix qui te berce est celle de l'amour.

Les philtres de l'aurore ont rallumé ta fièvre.
Et comme un vin vieilli dans une outre de chèvre
Avidement tu bois la lumière du jour.

LE SOMMEIL DU PAYSAGE

Par les routes d'azur subtil, le crépuscule
S'en vient comme un troupeau perdu dans les sentines
Et les divins échos des cloches florentines
Apaisent les coteaux où la grive trucule.

Le Paysage dort, couché dans l'herbe grasse,
Puissant comme un héros sous l'égide du ciel
D'avoir lancé debout, dans le jour solennel,
Les disques du soleil sur les hautes terrasses.

Il dort et les vallées travestissent les lignes
Qui dessinaient les reins charnus et curvilignes
De son corps de Titan affronteur de nuages ;

Tandis qu'à l'occident où mourut le soleil,
Le ciel, tragiquement penché vers son sommeil,
Glisse au chevet des monts le glaive de l'orage.

LE POÈME DU VENT

Sous la chanson matutinale d'un bouvreuil,
Je naquis d'un frisson de feuille balancée ;
L'aube poignait au ciel en douces élancées
Quand je cambrai mes reins éprouvés d'écureuil.

Sitôt que j'eus franchi, dans un bond d'Ariel,
Le mystère natal de mon berceau de branches
Et qu'à mes yeux parut la plaine toute blanche
Et rousse de clarté comme un gâteau de miel,

Sur mon domaine d'or semé de toits humains
Un vaste orgueil ouvrit mes ailes toutes grandes,
Et fier de dominer l'hostile paix des landes,
Je suivis l'immobile avenir des chemins.

Mon haleine poussa l'aile des papillons
Comme une voile errante autour des fleurs vermeilles ;
Les corselets ambrés des premières abeilles
Se teignirent du sang nouveau des vermillons.

Sur les prés qui m'offraient leurs tuniques ouvertes,
Je m'attardai, grisé d'un caprice frôleur,
Et lorsqu'au ras du sol je visitai les fleurs,
Sous moi, l'herbe courba ses souples dagues vertes.

Aux gorges des vallons je gravis les villages ;
Des ondes d'air brûlant vibraient sur les fumiers.
Là, souffle qu'attendaient les êtres dans l'orage,
Je rafraîchis les fronts sous un baiser d'acier.

Puis je collai ma lèvre aux épaules de pierre
Des vieux murs entourant les jardins en sommeil,
Je ranimai la chair ocreuse de la terre
Où coulait, en fusion, le métal du soleil.

★

Alors, on me nommait zéphir ; mes jeux charmants
Mêlaient dans les tilleuls leur caprice, et mes ailes
Faisaient trembler le soir sur le front des amants
Les lucioles d'or des lampes fraternelles.

J'étais tout musical du murmure des plaines,
Je berçais les oiseaux sur un rythme léger
Et j'entendais passer dans l'ombre des vergers
Les rayons de la lune ainsi que des phalènes.

Mais un jour où la triple cadence des faunes
N'avait pas retenti sous le couvert des bois,
Que la chasse emplissait du concert de ses voix,
Sous sa couronne d'or pâli revint l'Automne.

Les hallalis lointains inclinaient leurs clameurs;
Des oiseaux allongeaient leurs triangles au ciel
Et, des chênes brûlés, d'invisibles semeurs
Jetaient dans les fossés la feuille comme un scel.

Un soleil froid tombait sur les roux pâturages
Comme une fleur fanée dont on rompit la tige.
Je m'élançai, mordu par les dents du Vertige,
Pour flétrir un à un les plus doux paysages.

Comme un errant, j'interrogeai le cœur des portes ;
Je défiai l'appel muet des précipices,
Et, dans les chemins creux, aux ornières propices,
Je menai jusqu'au soir le bal des feuilles mortes.

Derrière moi, l'angoisse eut son rire dément ;
Des voix firent trembler les enfants près de l'âtre.
On entendit gémir sur les hauts toits bleuâtres
La girouette étreinte aux bras du Mouvement.

★

Puis, l'Hiver descendit sur les blanches contrées
Où paissait l'innombrable troupeau de la neige ;
Le ciel, au loin, mena ses nomades nuées
A qui des vols puissants et lourds faisaient cortège.

Sur ta vitre, ce soir, les mains gourdes du gel
Ont dessiné des fleurs de la terre inconnues,
Pour ton cœur qu'un désir solitaire exténue,
O Tristan, sans Yseult, qui bâtis Tintagel !

Et mes tambours vont battre au ras de ta fenêtre,
Car je suis la Tempête aux forces triomphales ;
N'entends-tu pas hennir, dans l'étrange ténèbre,
Les chevaux de la Peur mêlés à mes cavales ?

Des promontoires blancs où la lune qui luit
Semble une hostie dressée sur de neigeuses toiles,
Je pars, zébrant du fouet la gorge des étoiles,
Noir cavalier ailé qui ravage la nuit.

NATURE

I

O Nature, prends-moi pour ne me rendre plus
Aux leurres de la ville où le jour ne meurt pas,
Doucement, dans la plaine et les eaux, dans les pas
Qui vont portant au loin l'angoisse des Elus.

Prends-moi, et qu'en mon cœur toi seule oses tout bas
Ranimer mon amour, ma joie et ma vertu,
Et, sur le mode cher d'un caprice têtu,
L'hymne d'aube qu'on doit aux choses d'ici-bas.

J'ai revu tes forêts, tes prés et tes ruisseaux.
Un instant de mon âme habite tes roseaux
Depuis le jour où j'y taillai ma flûte frêle.

Prends-moi, pour que, certain de ta beauté sereine,
J'aille surprendre Pan dans l'ombre de tes chênes,
L'âme perdue au fil de tes heures muettes.

II

Puisque je trouve enfin le vrai refuge en toi,
Nature, en qui je vis, errant et fort et sage,
Simple de cœur aussi, sachant qu'un dieu me voit
Par les yeux familiers qu'il donne aux paysages,

Qu'en ton sein tout vibrant d'une force ouvrière,
Par ces temps revenus du règne de Saturne,
J'emplisse avec ferveur mon âme comme une urne
Des poèmes dorés qui montent des clairières.

Et qu'en la plaine immense, où le ciel se suspend,
Je sois celui pour qui va rouer comme un paon
L'heure que l'infini de la Nuance ocelle ;

Ou bien, dans l'orbe vert d'un buisson qui s'allume,
L'enfant, né vagabond, de qui la main présume
Le rire dont la baie ingénue étincelle.

INSTANTS DE FÊTE

Comme un enfant craintif j'erre à travers les rues.
L'ombre, ainsi qu'un automne, a flétri les visages,
Et des paupières d'or d'un azur sans nuages
Filtre le long regard des choses disparues.

En vain, je fuis la joie énervante qui rôde
Et propage en la nuit sa grossière hystérie.
C'est fête. La douleur des cuivres psalmodie...
Et l'Ivresse, en haillons, prophétique, clabaude.

Sur la place, où dormaient des silences de lune,
La crécelle d'un orgue a repris, une à une,
Les valses à la mode en robes de paillons.

Un clown, sur des tréteaux, parodie son martyre,
Et la foule, aux éclats de voix de l'histrion,
Acclame par instants la souffrance de rire.

NOTATIONS

Au travers de ton songe, entends sur cette rive
Les printemps persifleurs susciter les dryades
Et les sous-bois changeants, aidés des oréades,
Filer à leurs rouets l'argent des sources vives.

Par delà l'infini moutonnement des bois,
Entends, comme un rayon descendu d'une étoile,
Cette voix qui ondule au cœur de l'autrefois
Selon l'inflexion des collines natales.

C'est l'éveil frémissant d'un calme souvenir.
La courbe du passé fléchit vers l'avenir
Ainsi qu'un arc-en-ciel s'abaisse à l'horizon.

L'âme s'exalte au chant pastoral des villages
Et, simplement élit, pour sa fidèle image,
La sereine fumée au toit d'une maison.

LA FIN D'UN JOUR

A Emile Bernard.

LE JOUR

Déjà les chevriers ont rassemblé leurs chèvres
Dans l'orbe des sentiers couronnés de cytises ;
Déjà les angélus inclinent l'heure exquise
Qui doit clore mes yeux et parfumer mes lèvres.
Mon règne ardent prend fin, car j'aperçois l'issue
Du portique or et blanc des heures parcourues
Par mes jarrets nerveux d'éphèbe aux cheveux blonds,
S'il faut mourir encore, ô choses, qu'à mon front

Monte l'âme légère de vos cassolettes,
Brises ! bercez ma mort sur vos escarpolettes
Aux fils arachnéens fixés d'un clou d'étoile
Tandis que l'ombre apporte les funèbres toiles
Dont elle entourera mon corps d'aube et de lys:
Péplos de l'horizon aux tons mauves pâlis,
Tuniques, aux tissus de vapeur, qu'oublia
Sur les buissons muets l'émoi de Nausicaa,
Et vous aussi, ô cieux, aux vertes brocatelles
Que la croix des clochers rustiques écartèle;
Etangs profonds vêtus d'éclatantes simarres;
Pourpres, dont va flamber l'appel rauque des mares;
Chasubles des forêts qui célèbrent Isis;
Voiles qu'ont suspendu les nymphes d'Artémis
Aux fûts pâles des trembles et des peupliers;
Châles dont s'investit le frisson des hâlliers
Où s'abat l'agonie ardente de la Bête ;
Dentelles de lueurs qui rôdent sur les faîtes ;
Ah ! qu'on taille ma tombe au basalte des nuits
Dans l'ombre que la stryge hante avec la chouette,
Qu'importe, si demain, dans la clarté, je luis,
Si, plus beau, je renais sur un chant d'alouette
Et si j'ai la beauté du monde pour linceul !

LE POÈTE

Comme ta fin subtile, ô jour, suscite au seuil
De soi la vision de formes immortelles,
Ta mort vient ordonner le cortège de celles
Dont rien ne peut fermer les yeux de souvenir.

LE JOUR

Puisque le soir aborde aux havres de saphir,
Qu'on tresse en mes cheveux la rose et l'oxalis.

LE FAUNE

O jour ! vas-tu crier en expirant : *Qualis !*

LE POÈTE

Regarde-les venir de l'horizon qui tremble.
Leur corps a la sveltesse et la grâce des trembles ;
Dans leurs yeux j'ai miré les lacs verts de mon songe
Et leur démarche, grave et muette, prolonge
En soi-même l'écho d'un air très ancien.
Le beau thrène Jadis et le péan Demain
Sont les présents que m'apportent leurs voix fidèles.
Les oiseaux de Kypris balancent autour d'elles

Leur vol dont les blancheurs s'exaltent à leur front.
Pareilles à mon cœur, dans les temps, elles ont
Revêtu les aspects essentiels des heures :
L'une est ma joie et jette au seuil de ma demeure
Les pétales que l'aube effeuille sous ses pas;
Une autre est mon enfance et me parle tout bas
Sur le mode naïf et frémissant des mères;
Plus lointaine apparaît, coiffée d'algues amères,
Celle à qui la douleur confère sa beauté.

LE JOUR

Déjà se sont éteints les bruits d'or de l'Eté.

LE BERGER

Puisque le jour défaille à l'ombre qui s'incline,
Puisque monte Vesper au front de la colline,
Qu'à l'écho de ma voix ou au chant de ma flûte
Mon troupeau se rassemble et que cesse la lutte

Des satyres sous bois qui s'affrontent aux chèvres.
Mon dernier cri d'appel n'a pas quitté mes lèvres,
Que mon chien, au poil gris, a pressé les toisons
Baignées du rouge éclat qu'Hélios à l'horizon
Répand sur le dessin capricieux des crêtes.
J'ai poussé mon troupeau dans l'éclatante fête,
Entre les fûts pourprés des cyprès et des chênes,
Par les rampes qui dévalent jusqu'à la plaine
Où fume doucement mon toit hospitalier.
Parfois, mon chien s'arrête en face d'un hallier
Dont la rouge clarté se traîne et l'éclabousse ;
Grave et doux, il se frotte au velours de la mousse,
Puis rejoint mon troupeau en gardien vigilant.
Le museau bas, il suit la tortueuse sente
Et, flairant les lueurs de pourpre, avidement
Il semble boire un sang tout parfumé de menthe !

LE POÈTE

Ce retour marque l'heure où le soir diligent
Jette sur ta couronne, ô jour, un dais d'argent.

LA COLLINE

Quel frisson vient rôder sur mes pieds de lavande ?

LE JOUR

Ma lueur serpentine en orbe sur la lande
Se jette, et mes confins s'apâlissent de nuit.

LA COLLINE

O jour ! retiens encor sur mon sommet qui luit
Le rayon jaune et doux de ta lente agonie,
Car j'ai l'amour secret des formes de la vie
Et celui de ton règne aimable d'enfant-roi.
Que la forêt profonde assoupisse sa voix
Ou l'enfle pour un hymne à la farouche Hécate ;
Que l'encensoir des fleurs offre ses aromates
A la sombre splendeur de l'azur ; que la brise,
Inclinant la pensée des étoiles, nolise
La galère des nuits glissant au ras des nues,
Moi, je rends grâce à la douceur de l'aube nue
Dénouant sa ceinture aux parfums de mélite,
Sur mes coteaux fleuris que les lièvres visitent,
Les jolis lièvres roux amis de la rosée.

LA LUNE

Je suis celle qui vient, sur ta nuque posée,
Regarder dans la nuit fuir les fleuves d'argent,

Je rêve, et mon écharpe flotte indolemment
Sur les balustres d'or des constellations.

L'HEURE

Chaste déesse ! ô Diane ! âme d'Endymion !
Je suis la huitième heure, et je sors des bruyères
Où me tint tout le jour un Sylvain, prisonnière,
Pour saluer ta double corne. Le jour meurt ;
Son bras n'élargit plus le geste du semeur
Sur l'Eté traversé de vives hirondelles ;
Seules encor l'ont vu les sources, autour d'elles,
Pâle, et les pieds souillés aux poudres du chemin,
Menant les elfes funambules par la main.

LE POÈTE

Mon âme, entends tomber dans l'ombre qui les blute
Les doux chants que la Vie alterne sur sa flûte.

L'HEURE

J'accours, enjambant l'or dilué des éteules,
Des confins violets où s'érigent les meules
Sous le manteau flottant au vent des oliviers.
Sur moi plane le ciel ainsi qu'un épervier

Qui guetterait le vol d'un rayon émeraude.
Aussitôt je revêts toute forme qui rôde
Du sayon de poil gris qui la fiance aux murs ;
Je tais l'éclat vibrant des nymphes aux cols purs,
La rêveuse blancheur des marbres qui s'embusquent
Sous les bouleaux ou sous la spire des lambrusques ;
Et c'est moi qui, pareil au petit dieu, récrée
La vierge, abandonnant, dans l'odeur plus sucrée
Des tilleuls, sa pensée aux mains moites du vent,
De la forme illusoire et vaine de l'Amant
Vers qui ses bras tremblants se lèvent et se tendent.
Douceur ! voici venir à moi la paix des brandes
Et des buissons profonds où je puis me tapir,
L'oreille attentive à l'harmonieux soupir
Qu'exhale le brin d'herbe aux approches de l'ombre.
Pareil à Salomon, vêtu de lourde gloire,
Le soir viendra, foulant, au chant de sa victoire,
Le décor dont l'Eté pleurera les décombres ;
Et debout, reverra, du faîte des maisons,
A la traîne du ciel qui tombe à l'horizon,
Son domaine tendu de mes nocturnes voiles
Sous mon capuce brun qui fourmille d'étoiles !

LA SOURCE

Sous les charmes légers aux fraîcheurs solitaires,
C'est moi qui fais chanter la douceur de la terre,
Et mon onde qu'habite un reflet immobile
Semble couler à fleur de hautains campaniles.
Tout le jour, sous l'arceau des feuilles, je dispense
L'appel du sol muet au cœur vert du silence.
Les Heures, aux sons d'or du sistre des cigales,
Passant dans le galop de leurs rousses cavales,
Ramènent la blancheur des nymphes dans mon lit,
Où le double sabot du faune retentit
Parmi les froissements de mes ondes souillées.
Sur mes bords, le soir goûte une fraîcheur mouillée
Qui monte avec le trille aimé du rossignol.
C'est l'heure où ma voix grave, insidieusement
S'insinue en l'écho d'un murmure dément
Qui fait battre plus fort les artères du sol.
Le maître qui m'apprit les claires sonatines
Et l'innombrable lied qui plaît aux amoureux
Est mort dans l'ombre errante aux desseins ténébreux.
Chuchotte, interrogeuse, ô ma voix clandestine !
Arcane inviolé qu'on n'interprète pas ;
Sois la plainte égarée au lointain ou le pas

Qui achoppe en fuyant au lacis des lianes ;
Sois le soupir magicien de Viviane
Ou le frisson du crime à qui convient l'horreur
D'aposter, dans le bois plein d'errances, la Peur !

LE SOIR (*arrivant*)

A l'heure qui est mienne en marche vers la nuit,
A la ville aux frontons de granit où s'inscrit,
Moribonde clarté, ton rayon lapidaire,
Au dernier vol courbant son arc à l'horizon,
A la flamme qui brûle aux vitres des maisons,
Salut ! Je suis le Soir, vainqueur de la Lumière !

LE POÈTE

Les songes de la Vie ont dessiné ton nom,
O Femme que j'attends, me viendras-tu aux sons
Des violons d'octobre ou des pipeaux d'avril ?

LE SOIR

Jour ! par qui le labeur geint dans l'effort viril,
Je suis la paix qui vainc la force des machines.
A la bielle éclatante et au puissant volant,
Mon heure a retiré l'âme du Mouvement

Et rendu aux cités le sang noir des usines.
Vois, au sein de la foule, en ses remous pressée,
Dans les yeux du passant palpiter la pensée
Qu'exclut la lourde tâche, en ton règne, entreprise,
Et que j'apporte ainsi qu'une terre promise
A la splendide éternité du rêve humain
Que conduit son tremblant essor jusqu'à Demain,
En attendant ta radieuse épiphanie,
Revanche du Réel d'airain et de la Vie.

LE POÈTE

Poème ! ô gravité de voix intérieures,
Pour écouter ton chant j'ai rejoint ma demeure.

LE SOIR

Le dernier cri d'un char au détour de la route,
L'herbe brune où les yeux des fleurs sont pleins de doute,
Les chiens, aux longs échos de leurs voix, aboyant,
Et le charme fané des musiques du vent,
Tout appelle la Nuit qui préside à la Mort.

LE JOUR

Qu'au cotyle de mes paumes, ô soleil d'or,

Je puise ta subtile essence, viatique
Qui tiédira ma lèvre. Ah ! sous mon blanc portique
Rêver, frais couronné d'iris ou de laurier !

LE SOIR

Ecoute. Au lent retour des pâtres chevriers,
Sous le dôme qui bombe, en ombre, sur la plaine,
La douleur de Byblis se lamente aux fontaines.

LE JOUR

O demain radieux !

LE SOIR

Toi qui passes par bonds
Lumineux, rampe aux murs en rayons moribonds,
Ton règne est terminé, ô tristesse commune !
Et je sens que ma main, tout humide de lune,
A baissé ta paupière éclatante de dieu !

AZUR

Silencieux acteur du drame de la Nuit,
Mon rêve pèlerin vers l'azur appareille.
Les vents m'ont emporté, léger comme l'abeille,
Sous le regard furtif des lointains paradis.

Dans l'ombre où les cités pendent comme des fruits,
La terre sous mes pieds arrondit sa corbeille.
Et le silence, épris de l'heure qui sommeille,
S'accoude à la margelle antique de son puits.

O charme indéfini des nuits surnaturelles !
Mélodieusement rêvent les chanterelles
Des rayons de la lune amante des bergers.

Le ciel, entre mes doigts, a des fraîcheurs d'eau vive,
Et là-bas, dans l'azur divin de ses vergers,
Bombille l'essaim d'or des étoiles pensives.

EXIL

Nous ne reverrons plus blanchir l'aube des villes.
Déjà nous descendons dans la forêt déserte
Les sentiers long voilés d'une pénombre verte,
Et la douceur de l'air caresse notre idylle.

Le Printemps a lustré le firmament pascal.
Nous n'écouterons plus les cloches du dimanche.
Ta voix tremble. On dirait dans le soir de cristal
Un éveil argentin de source sous les branches.

Peureusement, dans l'ombre où notre pas s'égare,
Nous avons vu s'ouvrir l'œil opaque des mares
Sous les cils frémissants du bois insidieux.

Et nos cœurs éperdus de silence s'enfièvrent
De sentir, un instant, se mêler sur nos lèvres
Le miel de la prière et le sel des adieux.

VISION

Au pays enchanté que l'on porte en soi-même
Comme un refuge de tendresse et de fraîcheur,
Je me plais à revoir en la maison que j'aime
Celle en qui j'éprouvai la vertu du bonheur.

C'est une femme au cœur mystérieux et bon
Qui jaillit du passé comme un cri de lumière,
Et dont je vois, devant mes glaces familières,
Glisser la nudité chaude comme un rayon.

Elle passe, unissant dans un frisson de gloire
La blondeur de Vénus à la beauté d'Hélène,
Et ses reins, incurvés en lignes souveraines,
Se cambrent pour l'élan virtuel des Victoires.

Par les jardins fleuris de ses rires d'enfant,
Je la contemple, amie des courses et des jeux ;
Ses pieds flexibles ploient les boulingrins frileux,
Sa jambe chasseresse a la grâce d'un faon.

Ensemble nous partons dès la pointe du jour,
Dont les rayons hardis criblent l'ombre et l'élaguent ;
La rosée à nos doigts brille comme une bague,
Et des chansons d'oiseaux subliment notre amour.

Le berger solitaire et les dieux capripèdes,
La cigale qui chante à la cime des pins,
La plaine qui s'étend sous le dais du matin
Et le vent velouté comme une lèvre tiède

Composent à nos jours radieux le cortège
De formes, de couleurs et de beaux paysages
Dont nos cœurs chériront à jamais les images
Que le Souvenir garde et que le Temps protège.

★

Or, voici bien des ans que mes pas solitaires,
Fécondeurs du sillon des enchantements bleus,
Suscitent sur les pas de l'immortelle Yseult
Les aromes charnels que recèle la terre.

Des âges nous ont vus, dans les fossés qu'ils bondent,
Laisser pourrir les fruits du Rêve défendu,
Au temps où s'enroulaient autour du tronc des mondes
L'insidieux serpent des Paradis perdus.

Quand, las, nous chevauchions dans l'océan des herbes
Sur de fiers alezans, vers d'anciens soleils,
Et quand des hauts clochers que les cités engerbent
Les aubes saluaient nos triomphants réveils.

Alors planait sur nous l'aile de l'aventure,
Nous savions la ferveur, frissonnante de palmes,
Et l'été décernait à nos ivresses calmes
Les parfums dénoués comme des chevelures.

Nous étions beaux et grands de toute la lumière,
Le fleuve universel en nous roulait ses ondes,
C'étaient les temps bénis de la clarté première
Où des édens doraient la jeunesse du monde.

★

Depuis rien n'est resté du décevant mirage
Qui nous laisse à l'orgueil de la mélancolie ;
Nous regardons passer la lune au blanc visage
Sur l'automne flétri du jardin de la Vie.

Silencieux, assis au seuil de notre porte,
Nous écoutons sonner les chasses dans la plaine
Où, plus abondant que les ondes des fontaines,
Le sang de Marsyas rougit les feuilles mortes.

Et nous avons le soir cette angoisse d'entendre
Tomber de l'urne vaste et profonde des cieux,
Comme si le jour mort eût épanché ses cendres,
L'ombre éternellement en gésine de dieux !

SOLITUDE

Aux jolis yeux du ciel refleurit l'Espérance.
Fermez-vous sur ma vie, ô cils de ses yeux purs !
Humble, je veux dormir le sommeil de l'azur
A l'ombre de mon seuil où parle le silence.

Et vous, venez à moi, images de la France :
Camaïeux que la lampe a suspendus aux murs,
Chers visages penchés sur l'eau du clair-obscur,
Bahuts qu'a secoués le rire des faïences.

Tandis que vous viendrez du lointain de vos villes,
Lentement montera dans les roseaux dactyles
Le pas religieux de la Nuit immortelle.

Mes sommeils connaîtront l'imprévu des voyages
Et je m'endormirai, semblable au paysage,
L'Univers à mes pieds, ainsi qu'un chien fidèle.

Fiesole

MORS

Troupeau passif et lent que le destin décime,
Mes jours dans la clarté se traînaient languissants ;
La vie en moi baissait comme un soleil sanglant
Qui tombe, avec le soir, sur l'épaule des cimes.

Des heures, j'avais vu, par la fenêtre ouverte,
Battre, parmi l'azur plus bleu, l'aile plus blonde
Du fantastique oiseau de la Fièvre errabonde
Et trembler la splendeur de l'Eté, rose et verte.

Depuis, une vigueur vint rafraîchir mon front,
Surnaturelle et de la mort avant-courrière.
Librement, je laissai mes sens dans la clairière
Forcer la fuite d'or des jours à l'horizon.

D'un cri, je saluai les noires hirondelles,
L'angelus qui gravit son escalier d'azur,
Et, farouche, la Joie humaine, au regard pur,
Qui passait en chantant, ivre, sous les tonnelles.

J'ouvris les yeux sur la clameur de la lumière :
Le parfum des lilas passait, sentimental,
Et fluctuait au loin d'un rythme machinal,
Selon la courbe de la brise aventurière.

Je reconnus la vie à l'odeur de ses roses.
La mort pourtant venait à moi, en flux puissants,
M'apporter, en suivant le fleuve de mon sang,
Le lotus éternel de la Métamorphose.

Je l'attendais, les yeux fixés, comme aux écoutes
Sur l'image du monde ébloui de soleil,
Qui déployait devant mon beau désir vermeil,
A l'infini, le long phylactère des routes.

Les routes ! Elles offraient, servantes du mystère,
La gourde de l'éther et le manteau des cieux
Au pèlerin qui part, gardant sous sa paupière
Le paysage d'or qui mourut dans ses yeux.

Là-bas, elles allaient, sous les voiles de veuves
Dont les hauts peupliers bruissants les ont couvertes,
En regardant passer, dans leurs armures vertes,
Silencieusement, leurs ancêtres les Fleuves.

Ah ! fuir ! Les suivre enfin, hors de ce monde étrange ;
Fouler les paradis sous l'arche des clartés
Et faire flamboyer devant l'éternité
Son orgueil suscité comme un mauvais archange !

Partir ! Boire un instant à l'urne où se décante
Tout le vin des soleils que vendangent les dieux !
Boire au sein d'une étoile, à la plaie éclatante
Ouverte au flanc du ciel par l'éclair or et bleu.

Surgir dans le Mirage où trône la Chimère
Aux pieds de qui fleurit la douce Illusion,
Et sur elle penché, respirer son poison
Pour écarter de soi toute splendeur amère.

Vaincre l'ombre qui croît et ferme les espaces
Par où s'évade enfin mon être libre et fort
Qui rêve dans la nuit assoupie aux terrasses
D'atterrir au refuge étoilé du bon port.

★

Rêveur fou qu'agita le ciel de la grand'ville,
Je titubai, grisé dans un ravin d'étoile.
Les âmes, devant moi, glissaient comme des voiles.
Les longs chemins montaient en cohorte immobile.

Eveillé, j'eus la joie confuse du vertige.
Des sœurs de charité, glissant leur pas serein,
Inclinaient vers mon front leurs cornettes de lin
Et je tombai, muet, des sommets du prestige.

J'avais vu se lever dans l'instant éphémère
La mort que je berçais au nid de mon cerveau :
Les yeux d'Argus de l'ombre ocellaient son manteau,
Son geste avait le don d'espoir de ceux des mères.

Mais un rayon, au mur trop blanc de l'hôpital,
Indiquait l'aube à ma stupeur désenchantée.
Une douceur neigeait dans mon âme hantée
Et le songe ferma ses transepts de métal.

LUNAIRE

Sous le zaïmph sacré du clair de lune, allons
Par les chemins d'argent tendus vers le mystère
Comme les bras nombreux et puissants de la terre,
Dont le sommeil palpite aux gorges des vallons.

Sur ma flûte accordée aux rumeurs solitaires
Je traduirai pour toi la chute d'un rayon
Et la voix du cristal que fêle à l'horizon
Le crapaud, lazzarone des Naples lunaires.

Le vent fait frissonner l'épaule des bouleaux.
Ecoutons, attendris, glisser dans les roseaux
La lune qu'à genoux le beau silence adore,

Jusqu'à ce que, trouant les ténèbres reptiles
Du glaive lumineux de son cri vers la ville,
Un coq, dans les lointains, ergote avec l'aurore.

DÉDICACE

A M. G..., en lui envoyant des vers.

Puisque je t'ai laissée aux sanglots de l'automne,
Puisque tu vis dans l'ombre où la douleur pardonne,
Laisse chanter pour toi ces vers qui te ressemblent.

En eux tu trouveras, plus grave sous ses voiles,
Ta voix qui m'appela comme un rayon d'étoile,
Et les parfums subtils de ta présence y tremblent.

Aime-les : la douceur de ton regard les frôle,
Ton âme, qui s'y penche, a la grâce des saules :
Nymphe de l'eau qui dort en leurs profonds miroirs.

Ta chevelure en eux s'écoule comme un fleuve,
Et, de tes chères mains qu'ont jointes les épreuves,
J'ai voulu les fleurir comme des reposoirs.

Le Passé leur donna l'argenture des trembles,
Laisse chanter pour toi ces vers qui te ressemblent,
Où mon cœur adora sa lointaine madone.

Lis-les en revivant les heures d'Autrefois,
Et qu'une larme encor vienne altérer ta voix,
Puisque tu vis dans l'ombre où la douleur pardonne.

A L'AUBE

L'HORLOGE (*aïeule chevrotante*)

Je vous dirai le conte adorable du Temps.

L'ENFANT

Tais-toi. Le jour s'éveille et la vitre est d'argent,
La rue passe comme un cortège sous des roses,
Et j'entends s'élever la voix morte des choses.
Que m'importe aujourd'hui ta douceur surannée,
O fileuse éternelle au rouet des années !
Ma nuit s'est accomplie ainsi qu'un beau voyage;
Je vis... je sens en moi s'ordonner les images
Qui brillèrent au fond des ondes où, hélas!
J'aurais voulu rester comme l'enfant Hylas.
O Vertige secret des départs immobiles !
Sources sous vos roseaux plus profonds qu'une ville,

Je revois ces pays où la lumière éclate,
Lustrée comme le ventre argenté d'une chatte,
Ces arbres infléchis par leurs fruits, ces vergers,
L'Insecte, sous les ombelles des potagers
Au bout desquels s'en vont en mornes corridors
Des Silences d'abside où chemine la Mort.

LA MÈRE

Bonjour. As-tu prié, petit cœur sans souci?

L'ENFANT

Seigneur, prenez pitié des choses que voici :
Bénissez, pour la joie paisible de ma mère,
La rue où je suis né, passive et familière,
Où je vivrai, pareils au passé révolu,
Les avenirs auxquels vous m'avez dévolu;
La rue où, sous le toit pointu des colombiers,
Bat le cœur innombrable et joyeux des métiers.
Ecoutez-la, Seigneur, comme une hymne nouvelle
A l'œuvre de bonté qui nous est éternelle :
La forge braséante alterne dans sa gloire
Le rythme des marteaux sur les enclumes noires ;
Au loin passe l'appel matinal du berger
A qui répond le han ! profond du boulanger,

Et dans les maisons vieilles dont craquent les vertèbres
Le chœur silencieux des choses vous célèbre.

LA MAISON

Comme sur des yeux purs se lève une paupière,
Un pas se lève au fond de moi, dans la lumière,
Et je m'éveille à l'aube humide du printemps.

L'HORLOGE

Je vous dirai le conte adorable du Temps.

LA MAISON

Le Temps geint dans l'effort puissant de ma charpente.
Je vis au bord du jour comme au bord d'une eau lente,
Simple, et les yeux remplis d'une extase d'azur.
O mon Dieu, vous par qui resplendissent mes murs,
Vous qui m'avez confié le nid de l'hirondelle,
Donnez-moi la vertu des vieillesses fidèles :
Celle de la servante au nom familier
Dont la chanson descend dans l'ombre des paliers
Jusqu'au seuil lisse et tiède et flétri comme un front,
Où les voisins, le soir, confabulent, en rond,
Et ne détournez pas votre face, Seigneur,
De la simplicité divine de mon cœur.

L'ENFANT (*achevant sa prière*)

... Cependant que prieront les choses tutélaires,
Vous bénirez, vaquant à ses travaux, ma mère,
Dont les mains sur mon front dévotement posées,
Me prodiguent parfois le bienfait des rosées.

LA CHAMBRE

Léger comme l'appel des cloches du dimanche,
Par la fenêtre ouverte, un rayon d'or s'épanche,
— O main compatissante aux meubles renfrognés!
Seigneur, c'est votre jour qui revient m'enseigner
Et pour mieux arracher la vie à son sommeil,
Je suis blonde de tous les épis du soleil!

LA MÈRE

Mon fils, m'entends-tu pas causer dans le jour clair!

LA CHAMBRE

Ah! pénétrez en moi, larges ondes de l'air,
Soleil, joue à la pointe extrême des rideaux!
Comme le monde offert en sa jeunesse est beau!

Comme je vais revivre en mon décor factice
L'heure qui tombera des pendules propices!
Le jour, en mon écrin, brille comme un bijou.
Le rire du soleil anime l'acajou
Des grands meubles couverts de poussière soyeuse
Et la beauté du ciel est plus harmonieuse
Dans la glace où descend la sonde des regards.
Comme un antre profond va s'ouvrir le placard
Où dorment dans l'orgueil des vieilles valenciennes
Des robes atournées à la mode ancienne,
Auprès des vieux flacons gainés de lourd métal
Plein d'essences venues du monde oriental
Et qui laissent, ouverts, en de fades tiédeurs,
Echapper la pensée rapide des Odeurs.

L'ENFANT

Mère, de quel frisson s'enfièvre ma poitrine
Lorsque je joins ma voix au chœur de ces matines?

LA CHAMBRE

Mon Dieu, puisque voici monter l'aube amoureuse,
Faites que je demeure encor la chambre heureuse

Qui berce le grand lit comme un navire au port.
Préservez à jamais mon repos de la Mort
Et ne détournez pas votre face, Seigneur,
De la simplicité divine de mon cœur.

Florence, 1903.
Paris-Lille, 1904.

FIN

TABLE

ACHEVÉ D'IMPRIMER

le vingt-huit février mil neuf cent vingt-deux

PAR

MARC TEXIER

A POITIERS

pour le

MERCVRE

DE

FRANCE

www.ingramcontent.com/pod-product-compliance
Ingram Content Group UK Ltd.
Pitfield, Milton Keynes, MK11 3LW, UK
UKHW022123170726
13837UKWH00003B/1328

9 782329 210759